너에게 전화가 왔다

너에게 전화가 왔다

원태연 시집

은행나무

약속했습니다

30년 전부터 알아 온 독자 한 분과
한 페이지도 허투루 쓰지 않은 시들로 채워진 시집을
보여주겠다고

2022년 10월 14일 오전 5시 30분
약속한 순간부터
원태연

## 6. _____

7. ──────────

# 사랑의 순서

사랑이란…
사랑이란…

뭘까?

사랑이란…
널까?

날까?

우리가 우리였을 때 우리였을까?

누구나 한번 물어보는

사랑이란…

누구나 한번 고민해보는
사랑이란…

누구나 한번 빠져드는

어쩌면…
사랑이란…마주보는 두 얼굴
똑똑
노크도 없이

당신이       당신의       마음을       두드리는

사랑이란…

사랑이란…

너를 처음 만나 나를 처음 사랑했던 너를 사랑했던 그때

사랑이란⋯진짜 구름 위를 걷고 있었지⋯
⋯그것도 신발까지 신고⋯

사랑이란⋯

뭘

까?

사랑이란⋯교육받지 못한 습득

사랑이란⋯아무도 대신 줄 수 없는 분실물

어쩌면⋯
사랑이란⋯

나를 꺼내는 외침같은
오래달리기⋯매달리기⋯줄다리기⋯보물 찾기⋯울기⋯울지 말기

사랑이란
외로움이 그렇게 외로울 수밖에 없는 이유

사랑이란⋯
위험한 서커스⋯

달콤한 로맨스⋯  사랑이란  위험한 로맨스⋯  ⋯달콤한 서커스⋯

어쩌면⋯
사랑이란⋯

왜?
라고 물어보면
왜?
라고 대답하는

사랑이란… 과학의 목적 의학의 목적

생활의 발견

너에게 빌려주고 싶은

나의 하루

사랑이란…
사랑이란…


영원히 면역을 가질 수 없는

그때의 나…

그대의 나…


사랑이란…
사랑이란…

나에게 남은 건 시간뿐이었다는 걸 깨닫게 되는


매 순간 순간 순간


그대의 나…그때의 나…


사랑이란…
사랑이란…  사랑할 때 사랑하지 못한 사랑 이별할 때 이별하지 못한 이별


그리고 너

그리고 나


사랑이란…  사랑이란…


똑똑

노크도 없이


당신이 당신의 마음을 두드리고 있는


한 밤의 외로움

1

나는 머물기 로는
잠손입니까ㄴ

# 너에게 전화가 왔다

전화가 옵니다
당신입니다
겁도 없습니다
받기라도 하면 어쩌려고

# 버퍼링

끊어진다

마음
이

# 너에게 나를 묻는다

나는
머물기
좋은 장소입니까

# 가을비

비가 온다

나는

잔디도 달팽이도 우산도 아니면서

비만 오면 이렇게

젖어만 든다

2

너머 그 눈밭 속에서
☆처럼 반짝일거야처럼

# 들어봐

멀리서 니가 걸어오면

온 세상을 휩쓸기 직전의 폭풍처럼 가슴 뛰던

한 남자의 오래된 끄적임이야

# 먼저

사랑한다는 말보다 미안하다는 말이
미안하다는 말보다 고마웠다는 말이
고마웠다는 말보다 따뜻했다는 말이
따뜻했다는 말보다 눈물이

## 아버지의 거짓말

아버지는
인생이 단순하다고 말씀하셨다
실패란 절실하지 않았음의 증거이고
무엇이든 간절히 원하면 얻을 수 있는 거라고


아멘·······································································

## 너의 영향력

심전도 검사받으러 갔다가
48시간 동안 1분도 안 잔 사람은 처음 본다며
수면제만 처방받고 온 날이었지
먹지도 자지도 않는데
심장이 미친 듯이 뛰었거든

# 매직아이

아직도 너는
나랑 마시는 술이 제일 맛있을까?
별 볼 일 없던 내가
취한 그 눈동자 속에서 별처럼 반짝일 때처럼

# 이별 전조

창밖엔 비 오고요

마음에는 바람 불고요

마주치는 시선은 가슴에 비수 같네요

다행히 아직도 해가 있어 선글라스를
쓰고

아이스크림을 먹는다
달다
나만 단가

나무 의자에 앉아 있다
풍선껌을 들고

줄이 길다
일기처럼

롯데월드에 왔다
우리는

헤어지기 위해
아까부터

눈물이 난다
갑자기

# 정면충돌

차 사고랑 이별이
비슷할 거란 생각은 못 해 봤어
있는 힘껏
브레이크를 밟았지만
우린 누구 잘못인지도 알 수 없는
감정의 충돌을 향해 미끄러져만 갔고
그 순간
생각했던 것 같아

이별

# 이별을 15분 앞두고

벌이랑 강아지는

냄새로 공포를 감지하는 거 알아요?

몰랐어요, 저는

# 뇌 손상

좀처럼 익숙해지지 않는 순간이 있습니다

세월의 흐름에서 벗어나 나이를 먹지 않는 순간이 있습니다

마음이 여러 번 상처 받을 수 있다는 걸 알게 되는 순간이 있습니다

헤어지는 순간부터 헤어지는 순간입니다

# 금단 현상

먼지가 보일 때가 있어

3

아픔과 고독이 빼곡한
걸어야 함상 이긴거는 길

# 이별의 적

이별의 적은 뭘까
사랑
사랑해도 이별하잖아
사랑하기에 이별하기도 하고
그래서
⋮

생각해 봤어
⋮

그리고
⋮

생각이 났어
⋮

나였어
⋮

# 문득

두려워 지금은 갑자기 모든 게

## 사랑의 대화

외로울 때만 전화를 켜요…

끝을 알 수 없는…

짐작할 수 없는…

15분마다…

난…

## 바람이 부는 언덕길

나란히 걷는 그녀와 그녀의 그림자가 연인 같다

중간쯤 멈춰선 그녀와 상관없이 점점 커져가는 그녀의
그림자

아픔인지…슬픔일지…모를 표정이 창가로 이어진다.
아까부터 함께 있었다

## 나쁜 주문

당신은어느날
우리사이의거리가마음을아프게한다는걸
문득깨닫습니다

# 통증

해가 집니다
서서히
해가 집니다
서서히


시계를 많이 볼수록 시간은 더 천천히 간다는 걸
매시간
매초
어쩔 수 없이 지켜보면서


해가 집니다
서서히
해가 집니다
서서히

# 나뭇잎 뜯기

외롭다

## 당신을 만나기 전에

나는
몰랐습니다
외로움과 그리움이 싸우면 당신이 항상 이긴다는 걸

# 빈털터리

당신을 만나기 전에 나는
지구력이 없고, 첫사랑이 없고, 내일이 없었습니다

그리고
당신을 만나기 전에 나는
첫눈을 기다리거나, 누워서 울거나, 끝까지 불러본 노래가 없었습니다

그리고 또
당신을 만나기 전에 나는
몇 신지, 왜인지, 어딘지, 뭘 할지 묻지 않고 나타나 주는 당신이 없었습니다

# 번개

한잔하게

지금

4

서랑 듬 오없다
붉는 빌께 빈르네가 말이야

# 케케묵은 질문 하나

사랑은 뭐지?

너지

그럼 넌?

케케묵은 질문 하나

# 첫눈

싫습니다

시간이 많아 책을 봅니다
싫습니다

친구들을 만납니다
싫습니다

반은 기억을 하고 나머지는 꿈을 꾼듯한 그때 생각이
납니다
싫습니다

내가 생각납니다
밉습니다

# 슬픔을 만날 때마다

마음이 깊으면
깊어요 사랑이
사랑이 깊으면
아파요 슬픔이
슬픔이 아프면
길어요 1초도

# 눈물을 보관하는 방법

책을 편다
소설이면 좋겠다

창문을 열고 소파에 눕는다
가을이면 좋겠다

끝에서 두 번째 페이지를 펼친다
바람 불면 좋겠다

형용사를 찾는다
하나 둘 셋 넷 오늘 하루는 어땠을까?

눈을 감는다
웃고 있었으면 좋겠다

어서
어서

# 슬픈 등

혹시
웃음 지어 봅니다
잠시
나를 부르지 않을까

# 내내

머릿속에는 너무나 많은 사람이 살지만
마음속에는 도대체 누가 사는지 모를 때가 많았어
외로웠거든

당신의 눈이 내 눈에 머물 때까지

# 신기루

사랑 참 교묘해
뭐든 믿게 하지

그걸
다행이라 할지 모르겠지만

# 일몰

해가 저물면 낮에 보이는 것들이 사라지고 낮에 보이는 것들이 사라지고 낮에 보이는 것들이 사라지고 낮에 보이는 것들이 사라지고 낮에 보이는 것들이 사라지고 낮에 보이는 것들이 사라지고 낮에 보이는 것들이 사라지고 낮에 보이는 것들이 사라지고 낮에 보이는 것들이 사라지고 낮에는 보이지 않던 것들이 보인다고

내 모든 선택은 당신이었습니다

## 제목을 지어주세요

누군가를 위해서 나를 버려본 기억이 있는 사람들의 가
슴 속에는
작은 난로가 하나씩 있다고들 합니다
그 작은 난로는 이따금씩
저절로 뜨거워져
그 사람과 그 사람 앞에 있는 사람의 가슴을 따뜻하게
덥혀 준다고 합니다
당신이 그랬습니다, 당신 앞에 서 있는 제가 그랬구요

사랑하지 말 걸 그랬습니다

# 그녀의 숨은 공간

밀물 같은 그리움 썰물 같은 외로움

눈물은 울지 않습니다

# 눈물의 런닝머신

보내야지
보내야지
슬픔이 아픔이 되기 전에

떠나야지
떠나드려야지
아픔이 상처가 되기 전에

잊어야지
잊어야 하지
상처가 흉터가 되기 전에

잊혀지겠지
잊혀져 버리겠지
흉터가 상처가 아픔이 슬픔이 되기 전에

5

은근 늦은 바람 맞싼 구름
계절 그 흐름께 라
나양느리운 정르르 밤께
흘가, 해르

# 나비

너를 만지면 눈이 먼다고 하던데…

# 동시

거울아 거울아 울지마 거울아
닦아줘도 닦아줘도 울고 있는 거울아
울지마 거울아 울지마 거울아

# 필사

- 나 그렇게 당신을 사랑합니다 -

한용운 님의 시를 읽고 있습니다

    사랑하는 사람 앞에서는
    사랑한다는 말을 안 합니다
    아니하는 것이 아니라
    못하는 것이 사랑의 진실입니다

어떻게 이렇게 쓰지? 읽고, 또 읽고, 또 읽다가

    잊어버려야 하겠다는 말은
    잊을 수 없다는 말입니다
    정말 잊고 싶을 때는 말이 없습니다

당신을 그리며 시를 쓰던 나와 마침표를 찍지 못하고
바라보던 그 때의 내가

헤어질 때 돌아보지 않는 것은
너무 헤어지기 싫기 때문입니다
그것은 헤어지는 것이 아니라
같이 있다는 말입니다

시집도 필사노트도 다 접고 그날처럼 당신에게 묻습
니다

떠날 때 울면 잊지 못하는 증거요
뛰다가 가로등에 기대어 울면
오로지 당신만을 사랑한다는 증거입니다

어디로 가야 합니까…

---

* 한용운, 《나 그렇게 당신을 사랑합니다》

# 어디로 가야 합니까...

당신이 떠난 그 자리에 서서
이제 나는 어디로 가야 하나, 생각하며
나는 아직 거기 있습니다

# 우리에게 가는 길　✦

유난히 붉은 노을이 거실에서 침실로

그러다 가슴 한편에 남아있는 그리움이 눈에서 눈물로

어이가 없기도 하고…손으로 눈을 감기면 순순히 눈을
감기도 하고…


너는 어디에 있는 너를 기억할까?

온도, 습도, 바람, 햇살, 구름 모든 게 다 ✦
사랑스러울 정도로 맘에 든다, 해도


그 사람을 만나면 안 된다
나는 그것을 너무나도 잘 알고 있다

살면서
무슨 짓을 다 해도
나는
그 사람만은 만나면 안 된다
나한테는 그런 사람이다

언젠가
그 사람이 두 개였으면 했었다
그 사람을 위한 그 사람과
나를 위한 그 사람

그 사람을 만나면 안 된다

매일 매일 보고 싶지만

나는

# 전합니다

생각하지 않고
생각 나는 사람이기를

눈물 짓기 전에
눈물 나는 사람이기를

함께했던 그 많은 시간들을 그리며
사랑보다 용기를

# 뜻밖의 눈물

이번 주에 첫눈이 내릴 가능성이 크다는
예보가 있습니다

우리의 무모한 약속들이 떠오릅니다

# 울컥 말고 왈칵

너 때문에 나를 알고
나 때문에 너를 잃고

## 없고

외로움은 책임감이 없고, 그리움은 융통성이 부족하고, 추억은 눈치 없고

하루는 십 년 같고, 돌아보면 어제 같고, 우리는 음악과 음악 사이를 가로지르고

나는 플라스틱이 아니고, 플라스틱은 장난감이 아니지만, 장난감은 플라스틱이고 너는

# 미완성

기다림 없는 이별

과연

사랑일까

## 그리움의 순서

빈 옷걸이를 쳐다 봅니다
뭐가 걸려 있었지
슈트였나
아닌데
반팔 티
것도 아닌데
뭐가 걸려 있었길래
허전하고 지랄이지

## 1997, 임재범

차에서 듣고
집에서 듣고
부산 가서 듣고
부산 가다 울고

그대는 어디에

# 답습

쿵!

마트 시식 코너의 햄처럼

쿵!

짧게 맛보는 감정을 나누었다면?

쿵!

몇 점이면 질려버리는 애정이었다면?

쿵!

이쑤시개를 냅킨 통에 툭, 던지고 돌아서도

쿵!

뒤통수가 부끄럽지 않은 시간들을 함께했다면 하면서

쿵!

잔혹 동화가 될 것인가? 아름다운
설화로 남을 것인가?

전
설
이
항
상
그
경
계
에
놓
여
있듯
이

# 금단 현상 2

먼지가 보일 때가 있어

엘리베이터가 없는 7층 건물 계단에 서서

속삭이듯 내뱉은

6

속삭이고 내뱉은 서로의
이름처럼

# 3살 버릇

그 때 의 나 는 무 슨 일 때 문 에
손 톱 을 물 어 뜯 고 있 었 을 까

# 빈 잔

나도 소중한 사람입니까

# 불가항력

아무리 열심히 후회를 해도
나는 너를 사랑했고
너에게서 잊혀지고 있다

## 그녀와 나 사이엔 무엇이 있을까...?　✦

너와　　　나 사이엔
수많은
횡단보도.책상.꽃집.강아지
돌멩이.화장실.노트북.교회
생맥주집.사람.자전거.담배가게……… …

이렇게도　많은　것들이　있는데
왜 우리사이엔 이렇게

아　　　　무　　　　　것　　　　　　　도

# 슬픔이 밥을 먹는 동안

해가 닿은 벽
깍지 낀 손
하늘을 덮는 먹구름
창밖을 내다보는 그리움
바람에 책장을 넘기듯
굵은 빗방울이 툭툭 마음을 때리는

비 내리는 여기…
저기…

# ㄱ의 지도

천국이 여기였구나..생각했던

그때 그때 그때 그때 그때 그때 그때를 그때 그때 그때

처럼 그때 그때 그때 추억하며

커피 내릴 때도

마실 때도

# 시 간 도 시 선 도 멈 춘

나 혼자일 때

나

조화

나의 아름다움은 당신에게서 나옵니다
당신에게서 나온 아름다움으로
오늘도 어제도
나의 아름다움은 한결같습니다
저는 물도 공기도 바람도 필요 없습니다
제가 필요한 건 오직 당신뿐입니다

# 데칼코마니 ✦

사랑이랑

내가 보고 싶어 하지 않는 나랑


나를 보고 싶어 하지 않는 너랑

사랑이랑

# 화이트데이

나이를 먹었다고 심장이 안 뛰는 건 아닐 테니까

# 잡담

나는 유리멘탈이에요, 어렸을 때부터 쭉. 그리고 이전에 있었던 그 멘탈이 지금도 같아요. 사람들 앞에서 숨겨야 하는 이유와 방법을 터득해서 잘 숨기고 살지만, 기본적으로 그건 변하지 않았어요. 스무 살 때도 지금의 나도. 그리고 나는 상처가 많은 사람이에요. 스무 살 때도 지금의 나도

그 사람을 만나서 행복했을 때도 난 아팠고 그 사람이랑 헤어진 지금도 아파요. 그 사람 아닌 다른 사람들을 거쳐왔음에도 그 사람을 상상하는 지금도 새로운 사랑을 꿈꾸는 지금도 아파요. 하지만 분명한 건 유리멘탈이고 상처가 많은 내가 누군가를 사랑할 때 순도와 밀도는 꽤 높아요

그래서 그 사람을 보내는 과정보다 그 사람을 만날 때가 더 힘들었어요. 그 사람이 떠나갈까 봐. 근데 그건 그 사람이 떠나갈까 봐서가 아니라 그 행복이 사라질 것에 대한

두려움이었어요

그래서 지금도 사랑을 못 해요. 누군가가 왔다가 가면, 지금 이 순간에 누군가가 왔다가 가면 이제 내가 다시 설 자신이 없기 때문에

그동안 내가 지내왔던 시간 사이 사이에 축적된 또 다른 아픔과 그것들을 견뎌내는 또 다른 기술이 있지만 묻어놓은 것들이 거의 다 찬 듯해요. 그래서 그 이전을 추억하는 지금의 나는 안타깝게도 아직 그것들에 대해서 의연하지 못해요

그리고 아마 앞으로도 그럴 것 같아

# 그냥 긴 꿈이 아니었을까?

당신
생각
이
당신
마음
이
당신
이


어디로 또 어떻게 흘러
어디로 갈지
모르지
만

# 터널

칠흑 같은 어둠 속

모두들 출구를 찾기 위해 불을 밝히지만
간혹 빛이 없어야 출구가 보이는 경우도 있습니다
슬픔도 기쁨도 제 목소리를 낼 수 있도록

# 미지의 세계

내가 언제까지

당신을 사랑하고 있을까요

이렇게

# 늦잠

절대
　　　　죽어도
죽어
　　　　　　　서
　도
　　　　　　만날
수
　　　　　없는
　사랑
은
　　끝나도
　　끝나지
　　　　　　않는
　　　　　　끝없는
영화

# 사계

한동안 전화는 울리지 않았습니다
내 모든 이야기가 다 사라져 버린 것 같았습니다
가을입니다, 겨울보다 추운

한참 동안 전화는 울리지 않았습니다
내 모든 이야기가 아닌 내가 다 사라져 버린 것 같습니다
겨울입니다, 당신처럼 따뜻한

오랫동안 전화는 울리지 않고 있습니다
우리 모든 이야기가 내 안에 다 녹아 있다는 걸 알 것
같습니다
봄입니다, 가을보다 쓸쓸한

여름입니다

# 금단 현상 3

먼지가 보일 때가 있어
엘리베이터가 없는 7층 건물 계단에 서서
속삭이듯 내뱉은 서로의 이름처럼

7

재기ㄴ

떨오한게 도것 강보 부형 너라

# 나의 사소함

당신은 제가 한 번도 만나본 적이 없는 사람입니다

# 비 내리던 횡단보도 기억나?

갑작스러웠지
쏟아지는 빗방울도
펼쳐지는 우산들도
비껴가는 사람들도

우린 우산이 없었고
어느새 꼭 붙어있었지
너와 나를 제외한
세상 모든 게 다 사라진 듯했어

그때 알았지
가끔 인생은 엄청난 선물을 한다는 걸

# 일출

당신에게 받은 사랑은

다른 사람이 날 위해 해준 일 중에서

진짜, 최고로 멋진 일이었습니다

# 회전문

그리움을 행동으로 옮기면 외로움
외로움을 행동으로 옮기면
뭐가 될까?

# 은밀한 시간

사랑은

둘이서 하는 줄 알았는데

# 히스토리

나는
사람들 앞에 서면
다른 생각을 한다

그래서
사람들은 날더러
다른 생각을 하는 사람
이라고 한다

하지만
난 니 앞에 서면
너만을 생각할 수가 있었다

그것은
노력도 의지도 아닌

자연스러움이다

난 사랑이 자연스러움이라고 생각한다
그래서 자연스럽게 사랑하게 되었던 널 사랑하고
그 사랑 앞에서 충분히 자유로울 수 있었다
그래서 나의 슬픔은 참 자연스럽다

## 초콜릿을 바른 망상

만약에 지금

우리 사이에 따뜻한 물 한잔이 놓여있다면

나는 먼저 당신의 손에 따뜻한 그 물 한잔을 쥐여준 다음에

여기요…주위를 둘러보는 척, 종업원을 찾아 메뉴판을 부탁할 것 같습니다

만약에 지금이 만약이 아니라 진짜라면 너무 오랜만이라 너무 어색할 수 있잖아요

## 나를 잃어버린 사람들은 보세요 ✦

있잖아요, 세상에는 먼저 다가가는 게 두려워 외로운
사람들이 많아요

# 손이 컵으로 가는 순간에도

포기하지 마, 너의 행복

8

기쁜건 함우꾸루,
기어이 정복할래 ㅡㄴㅓ

# 노을

당신의 마음을 내 마음보다 소중히

## 매듭

두 점 사이의 최단 거리는 직선이야

빙글빙글 돌지 말고

뚜벅뚜벅 앞으로

## 필요한 건 공기뿐이었지

잘 때, 잠들기 전에, 일어나서 커피 마실 때, 양치할 때, 친구들 만날 때, 사랑을 할 때, 일할 때, 가끔은 내 생각 해줘요. 그리고 날 만날 때 얘기해줘. 당신이 잘 때, 잠들기 전에, 일어나서 커피 마실 때, 양치할 때, 친구들 만날 때, 사랑을 할 때, 일할 때, 가끔은 생각했던 나를⋯백년이 지나서 내 앞에 나타나도 좋아요. 나는 당신한테 내 얘기 들을 때가 세상에서 제일 행복하거든요

# 낙엽 비

낙엽 비가 내린다
시가 쏟아진다
너무 좋다
미칠 만큼
결국, 니 얘기
너무 좋다
눈물이 쏟아질 만큼

# 인생은 뷰티풀

하나만 알고 둘은 잘 모르는 사람입니다
하루는 비틀거리고 하루는 뒤뚱거리고

월요일 아침이 오면 버거운 세수를 하고
화요일 점심시간에 눈물을 물처럼 삼키고 삼키고

수요일 밤의 길목에 갈 길을 잃고 서 있는
그림자 손을 꼭 잡고 다시 또 걸었습니다

하나만 알고 둘은 잘 모르고 살았습니다
울어도 나 혼자 울고 웃어도 나 혼자 웃고

목요일 빈 술잔 안에 외로움 가득 채우고
금요일 목놓아 부른 그리운 추억의 노래여 노래여

토요일 바람이 분다 춤춰라 머리카락아

일요일 나의 식탁에 태양이 비칠 때까지


월화수목금토일 외로움 가득 채우고 눈물로 목놓아 부른

그리운 사랑의 노래여 노래여


인생에 바람이 분다 춤춰라 머리카락아

행복한 나의 식탁에 태양이 비칠 때까지 태양이 웃을

때까지

* 김호중 영화 〈인생은 뷰티풀: 비타돌체〉 삽입곡 '인생은 뷰티풀' 중에서

# 하느님의 명령

기필코
행복하도록

기어이
행복할 때까지

감사합니다


2022년 10월 15일 오후 딱 3시에 갑자기 왜 눈물이 나
지, 알 것도 같은


즐거웠습니다, 고맙고


안녕하지 않는 안녕으로 안녕하며


원태연

# 너에게 전화가 왔다

1판 1쇄 발행 2022년 11월 16일
1판 2쇄 발행 2022년 12월 8일

지은이 · 원태연
펴낸이 · 주연선

**(주)은행나무**
04035 서울특별시 마포구 양화로11길 54
전화 · 02)3143-0651~3 | 팩스 · 02)3143-0654
신고번호 · 제 1997—000168호(1997. 12. 12)
www.ehbook.co.kr
ehbookehbook.co.kr

ISBN 979-11-6737-237-6 (03810)